séptima ola

roberto vidal miranda

Índice:

Hay de todo

Alguien mastica
Alguien hambre
Alguien danza
Alguien parapléjico
Alguien sexo
Alguien celibato
Alguien yerra
Alguien censura
Alguien pernocta
Alguien anda
Alguien protesta
Alguien masacra
Alguien alumbra
Alguien derrama
Alguien ancla
Alguien esperanza
Alguien transita
Yo encallo

El candidato

Miente, siempre ha mentido
Nunca ha andado medio pueblo
Nunca ha andado medio pueblo buscando trabajo
Con toda la plata metida en el tanque de gasolina
Para no detenerse
Para no gastar
Sin un peso en la billetera
Con las tarjetas sobregiradas
Sin un peso para comer
Con una botella de agua caliente en el portavasos
Miente, siempre ha mentido
Nunca ha andado medio pueblo
Nunca ha andado medio pueblo
               rendido por el hambre
Nunca ha llegado cansado a casa
Después de haber andado medio pueblo
Dejando hojas impresas por todos lados
Metiendo el cuerpo por un laboro de esclavo
Y sólo aguantando pendejadas
Y sólo escuchando promesas

Miente, siempre ha mentido
Nunca se ha apenado delante de su mujer
Por ser un inútil
Por ser un fracasado
Por ser un pendejo
Por ser un desempleado
Y bajar la frente
Y permanecer callado
Miente, siempre ha mentido
pero Él es el candidato del otro medio pueblo
y la mayoría de los falsos exitosos
votará por sus mentiras

Pruebas

la prueba en las pupilas
se clavaron a saetas
venidas desde un lejos
cercano mes de fin
un velo de segundos
un juego de tinieblas
la espesura de embrujos
remolinando ras de aquí
la prueba en las fauces
llega tiritando huellas
a pasada de luces
a obituarios de mar
desfigurando un enredo
mezclado de salivas
paridas desde costas
marcadas en pleamar
la prueba que no atraca
la ataron a las trampas
con señuelos podridos
de no volverse a usar
la prueba de la vuelta
es cruce entre veletas
dormidas a la culpa
de un cegado candil

Medicamentos no recetados

I
Desacuerdo recuerdos de cuerdos
Con rasgados de cuerdas salinas
Los errores los cargan los insanos
En morrales prohibidos de vidas

II
Los discursos se archivan en pieles
Cuando salen de agujeros solares
El que carga dos restos de hambre
Nada entiende de buenos modales

III
Con las yerbas malvadas del monte
Rellenaban los pozos de las pipas
Dedicándole los humos a la cosecha
Y los vuelos a las mariposas heridas

IV
Iba quemando todos los adentros
Sembrando túneles paralelos a las venas
En vez de sangre fluían pócimas envenenadas
Dejando dolor, rendiciones y decesos

V

No aceptan las cataratas de ácidas lenguas
Ni la absolución de las cobardes bisagras
Ni los kilómetros que esconde el destino
Están en desacuerdo con los recodos
            pero en cambio toleran los andenes

VI

Antes de clavarle las palmas a los puertos
Se sentaba con los vagabundos a desayunar
Después de borrarle las cicatrices
Tuerce antes de toparse con los sucios

VII

No es domingo lo que invierte en ceremonias
Anclado a los maderámenes bajo altos puntales
Los susurros avisan que el mesías anda cerca
De la barra de un bar con escasas claridades

VIII

Este almanaque ha acabado menos brillante
Aunque el medio del espectro sea silente
Vengan a besar las mejillas los dinosaurios
O un árbol cargado de lágrimas no se encienda

IX

Había dormido en esta cama
Había tenido sexo en estas sábanas
Había lavado mis ojos en estas tinas
Había exagerado la dosis de medicamentos no recetados

Cuanto más tardes

Lo que tardes
se lo cargará el horizonte
Sobre el equilibrio
del antes de las derivas
y el cruce hasta el parpadeo del faro
Y un ojo antiguo
te guardará accidentes
Y un labio cansado
te mojará las trampas
Y un segundo más lejos
fosilizarán las esperas
y pasarán las olas
los títulos
y las portadas
Cuanto más tardes

Lo que quedó del después

La claridad deshojada de siluetas
Cae a cuentagotas sobre desnudo indescifrable
Sobre tierra descreída de crecidas
Sobre cueros enviudado de desastres

Es tarde y la noche va comiéndose las odas
Las danzas de reflejos sobornables
El segundo antes de dilucidar los senos
De remolinos. De firmes. De piel de hembra

Por detrás del semáforo cruzan las alas
De una manada de ecos incandescentes
Que no dejan estelas, porque simulan luces

Es nueva ola y van cayendo cascadas de piedras
Sobre desnudos descifrables
Sobre el pecho mirando al techo
Sobre lo que quedó del después

Últimas notas de lo que viene de tango

Para lo que viene de tango
O lo que ausculta para la próxima herejía
En cuatro minutos lloverá el milagro
De músculos y sudores
Rotares y secretos
Ojos siguiendo siluetas
Pelvis latiendo a dispar

Sostiene el labio sus alas gravitatorias
Amarrado al techo para no caer del cielo
Soportan las manos un enjambre de surcos
Atado a una tierra desocupada de vibrar

El día se entrelaza con la transparencia de sombras
Vestido a péndulos migrañosos
Paso
Vuelo
Ojeras
Cuerpos
Ceremonias
Paso
Estática
Pudor

Es tarde y van corriendo las notas
Las marcas en las tablas desoyen las salidas
Y la nieve se acumula
Entre el portazo. El sonido
Y la mano ausente

Nada más queda tararear
Golpes dormidos en las mudas caracolas
Dentro de un oído atormentado de calumnias

Remedios

El que cierra hace pupilas de recodos y puertas
Asomado a un asfalto carcomido de antier
Desamor embriagado de destellos silvestres
Que sea antes no significa que se quede otra vez

Varias hojas escritas a entrelíneas discretas
Desordenan palabras encerradas bajo piel
Tartamudean los dientes. Las pisadas. Las huellas
Si se queda entre portadas. Versará a mar de piel

Las vajillas repletas de manjares. O yerbas
Atraviesan censuras secretas de reloj
A gargantas salivosas. En pecados de piedras
En pasares sedientos de rotares y dos

Cuenta sales que regresan y pactan a tientas
Remolinos con fondos sedientos de beber

No te quedes conmigo sino tiene remedio
No me quedo contigo sino remedia la piel

Si a pétalo se guardan los extractos de piedras
Que a medianoche alcanzan a besarme la sed

Almacenando andenes
Salimos a recoger huellas
Una con el nombre del viento
Y anónimos de mujer

Una isla desprovista de anclas

La brújula bojea la insensatez del labio
Embarrando agujas sobre poros despiertos
En las arrugas se abre la insania
Con las cicatrices se destraba el viento
Diciembre acierta corrientes desaciertas
De tiempo ausente contra mapas a trasluz

Disparates volados a rutas alzadas
Bajo el cuello acarician pinturas de lunas
A la caza de aleteos reflotan cien senos
Pasadizos tatuados a navegado incierto
Al abrirse las carnes desencuentra cuadrantes
Sobre inmenso vientre desconocido de azar

Es un estrecho mojado de crudos amarres
Tapizado por óleos violentos. Duelos violentos
Donde luna, amnistía y secreto
Eternizan infinitos bocetos
No se puede pernoctar en los puertos
De la única religión sin escapes

Por la parte besable de la sombra antigua
Par de bitácoras armonizan en desorden de líneas
De quedarse a silbarse presentes
De regresar por detrás de los dientes
Reconozco accidentes de naufragios pasados
A orillas de una isla desprovista de anclas

Prohibiciones

Todo está ahí
Nítido y blanco
O a lo mejor negro y opaco
-Depende de la miopía-
Sobre la yerba
Verde o transparente
O a lo mejor sucia y seca
-Depende de los espectros-
Todo está ahí
Siempre ha estado ahí
Delante de las uñas
Fácil de palpar
Fácil de besar
Fácil de amar
Demasiado fácil
Todo está ahí
Siempre ha estado ahí
Sólo que una señal
Pintada por un rotulista sobrio
Te ha prohibido
Soñarlo

Llegadas con despidos

Garabateando partidas
Borraba arribos
Y en las puertas se fundían las bisagras
Desentendida de toques carnales
Olvidada de picaportes. Y ojos para decantar

Los pasos y los crujidos
de maderas humedecidas
por varias temporadas consecutivas
de desbordes de sequías

Tardaba un siglo para ensuciar los pasillos
Bastaba un latido
para servirse una copa de vino anterior
Sabía todo sobre las esquinas y el techo
Las losas sueltas
El desnivel del cuadro
El reloj sin pared

Al chasquido de dos labios desordenaba el azar
Rotaban las veletas al compás de sus sombras
Por donde no sale un resquicio de noche
Un rasguño de cometas
O sonata de manantial

Y en la estación de desvelos
sus desnudos llovían
sobre todos
los platos de mar

Con una espalda apagaba la ciudad

Tatuando llegadas
Juraba sus adioses
Armada de rayo e invisibilidad

Mejor no

Que no estés
Tiene de bueno
El desempolve de las alas
Los giros de los engranajes
El ajuste del colimador
El reencuentro con los vicios
La llegada al abismo del sol
  antes de despedir mi sombra anterior
El retorno al visceral desandar
Que estés
Tiene de malo
La desmemoria
de lo bueno

Guías de neones

Los neones parpadean más nunca despistan
El hedor de las lunas pernocta
en turbias charcas
A penumbras
las manchas transitan hasta un único andén
Donde reivindicar la soledad
Donde suicidar el desamor

Desorbitando reflejos
Matando regresos
Uno tras otro
van entrando
Como fantasmas vivos
-algunos-
A sabiendas que al tercer trastazo
Todos terminarán crucificados
Nadie volverá a resucitar

Las maderas chupan toda vida perdida
El espacio entre el credo
                y la desconfianza se nubla
a diptongos
Cada pedazo es una astilla sin nombre
Cada astilla es resto de puñal

Por el caño del esófago desaparecen los cielos
A sorbos transparentes de diciembres perfectos
El mismo enero de antes cortocircuita los duelos
otra ronda de muerte llega hasta una orilla sin mar
La próxima dosis puede ser fatal

Hasta el fin del desvelo no se entiende cada noche
Ni cuchillos. Ni heridas.
                    Ni cicatrices. Ni recuerdos. Ni almas
Los ropajes levitan y las carnes no duelen
Desnudas. A flor de huesos

No huyo temprano
Volviendo el amanecer
todo maleficio mundano
Cual inevitable remolino
regresará
para predecir nueva desilusión

Burlas efímeras

I
Pusieron a dar vueltas los horarios a contra ruinas
Comenzó a envejecer temprano el escorpión

II
El brebaje pactado para dos noches trenzadas
Cae lunes sacrificado por guillotinas
(...)
IV
Alucinaciones goteando detrás de las pieles de vidrios
Ningún milagro las dejará pernoctar
(...)
VII
Sólo las estaciones sudadas por orgías
Quedaban marcadas en el calendario de pared

VIII
Quien puede quedarse al lado de una luna
Que le teme a la noche y a los ladrones
(...)
XI
La sombra que se esconde de las luces
Las puestas que amanecen sin siluetas

XII
Cuero maldecido por las burlas efímeras
De las córneas clavadas detrás de los espejos
(...)
FINAL
El viejo que ve al niño como nostalgia
El niño que ve al viejo como muerte

Instrucciones

Atrapa enredaderas sin flores
      en los molares del pecho
Dale de hambres a la insuficiente luz
Para que al masticar
Sin que se atore la saliva
Fluya el sudor a puerto vivo
A través de una garganta
con una única línea de sal
Y a pedazos olvidados
Échale unos trazos de contaminadas acuarelas
Al demonio descrucificado de la sed
Nunca permitas que en los espacios de piel
Acumulados entre sequía y semilla
La guadaña hurte todo el pan
Los remordimientos
Y cicuta edulcorada
Con fecha de hoy

Danzas salvajes

Por el sendero de los pecados
La luz es noche
La sombra ardor
Danzas salvajes de las aureolas
Entran y salen
De vientre a son

Caoba y carne
Dientes de alas
Décima insana
Rimada a voz
Los brujos bajan por todo el cuerpo
Hasta el epicentro de la fricción

Con los sudores
Flotan rocíos
Con las miradas
Hierve el color
Los sexos invierten los remolinos
Ensortijados por otra razón

Las palmas aceptan las controversias
De dos demonios sin solución
Y en un instante
Vuelan las puertas
Hasta una luna
Ebria de olor

Las marcas sucias limpian las sábanas
Donde irradian
Como animales
Ella y el hombre
La miel y el hambre
La sed y el rezo
Sangre y alcohol
Vagan los ecos
Con las rupturas
Sobre los trapos
Arritmias vagan
Por mar de orgasmos
Atormentados
A los designios de su oración

Ayer no cuenta como esperanza
A cada instante
Muerde un reloj
Por par de vidas
Rumban mil ganas
Envenenadas por la pasión

Mañana no cuenta como futuro
Quizás accidente
la blanca estela
Quiebra lo vivido
Obviando rumbos
A meandro impuro
De añejo golpe de tambor

Rara vez me escucho

Rara vez me escucho escupir amores
Sin provocar esténtores
En un juego de pulmones sucios
Puestos dentro de este ataúd cincelado
                              como cuerpo
Y diseñado para enterrar engañosas verdades
Índices a páginas huecas
Capítulos inconclusos
Contraportada con agujeros ciegos
Y un punto perdido al doblar del final
Motivo para que resuenen
-casi a horarios-
entre desusadas maderas
Antiguos herméticos nombres
Errados insípidos besos
Enigmáticos volátiles roces
Irrespondidas preguntas
        y cualquier otra anécdota negada a releer
Rara vez vuelvo a comenzar
                  por la primera letra del calendario
Sin saltarme el archivo de fantasmas epilépticos
Sus onomásticos
Sarcasmos
Y sus fechas de erosión

Otra muerte necesita otra vida
Con trampolines
Vértigos
Y aguas poco profundas
Donde esparcir los sesos

Sorderas de Babel

Confundieron el silencio
Con la tartamudez del viento
La estática de las cuerdas
Hojas flotando en un enjambre
                de ecos insonoros
Una lluvia detenida a segundos de caer

Confundieron la escasez de palabras
Con la timidez del gemido
La exageración de los bullicios
Pisadas recién calladas
                por los inquisidores de las huellas
Una puerta divisoria entre nudillos y resplandor

Y nunca notaron que los caracolas
De tanto fosilizar sus paredes sin rincones
De negar resonancias
                entre circunvoluciones y pechos
De obviar vibraciones brotadas
                por gargantas ya roncas
De cristalizar olas y resacas
Evadieron la súplica de los necesitados
Por ser
Por estar

Y la sordera se hizo moda
Y los gritos se perdieron
 entre más de diez siglos de discapacidad auditiva
provocada

Y hoy
un vagabundo hace señas de hambres
sentado a las puertas del corredor de cuerpos
Y todos siguen de largo
Sin escuchar
Sin entender

Consumiciones inútiles

I

Van consumidos más de diez relojes pulseras
En medio siglo de corridas. Caídas. Cansares
Y pocas veces se adelantan los despertares
                    sobre sábanas enraizadas
Las idas desencuentran las puntualidades
    en el cruce con la pitonisa de tierra dulce
El rostro pierde carnes al reflejo
        sobre un rayado disco de cristal sin arenas
El reencuentro entre todas las manecillas
        tarda ganas en llegar a la orilla de algún ayer
Han desaparecido más de diez ataúdes
                        repletos de calendarios
Mientras se desvanecen las siluetas de hombre
descifrando el ruido de nombre impropio
contra las parábolas del tiempo
Y nada detiene el derrumbe de carcazas
Coronas. Engranajes. Cuerdas

II
Un corazón que jugueteaba arritmias
A presiones inestables
A desbordados caudales
A erecciones constantes
Entre convulsiones y sístoles
Ventrículos y manoseos
Indecencias y válvulas
Sólo para hacer latir
-a cualquier hora-
-en cualquier parte-
un desordenado orgasmo
En el hemisferio austral
de rasurado bajo vientre
en animal de hembra
Hace varios años
que bien sobrevive
con muerte cínica
y descerebral

Suerte sin suerte

la puta suerte
siembra de frente
a la cartomántica
de huesos pobres
de usadas carnes
de labios tristes
barajando las viejas cartas
de correo de antier
marcando las mismas piedras
de cicatrices secas
usando las tetas caídas
para borrar las grietas de salida
babeando la copa de vino
que siempre da de beber

y quiere que crea en sus dos destinos
y a veces embruja mi soledad
y antes de irse sola a la luna
con ropas viejas recién usadas
deja un sucio rastro tras blanca piel

la última noche que escuché sus ojos
mientras gemía
odas de fe
pronosticó el obituario
de mis demonios
tres semanas antes
del pasado mes

tras las cortinas
oscuros naipes
sacan del aire
su espalda blanca
mi suerte sin suerte
para beber

Pretérito antiguo

Prólogo (6 años y medio a.n.e):
Gruesos labios esperando otra boca
La palabra excitando la oreja
Ojos ciegos descifrando siluetas
Nerviosas manos delineando poemas

Nudo (6 y medio-3 años a.n.e):
Desnudos vientres delirando sudores
Cueros húmedos buscando piel sedienta
Sucios sexos compartiendo verdades
Par de orgasmos conjurando sus cuevas

Decadencia (3-1 año a.n.e.):
Reconciliaciones aliviando desastres
Rotaciones detenidas tras puestas
Esperanza soportada entre dientes
Cicatrices mal curadas sin fechas

Desenlace (1 año a.n.e.- víspera del nacimiento):
Condenado a apagarse en insomnes hogueras
Aferrado a solares costumbres mundanas
Desnutrido por gulas con recetas ambiguas
Despedidos a espaldas desiguales de rabias

Contraportada (año cero):
Conjugación presente
Del pretérito
De amor antiguo
En clausurado cuaderno

Purificación

Con el fuego del incinerador
Fueron brotando
        desde el hedor de las entrañas
Hacia la cámara de los olvidos
El historial embriagado
  de un inadaptado pellejo
Se fue el primer desgarre
        de garganta enmohecida
La cortadura a escalpelo
        de una operación de huesos
El beso desorientado
        de una lengua adolescente
La quemadura en la mano
    por derrame de aceite hirviendo
La costura sobre la espalda
        por un desafilado hierro
Brotes de cicatrices por fragmentadas botellas
Los cánceres encerrados
            en pulmones asfixiados
El temblor de piernas vírgenes
            después de silvestre sexo
El desamor visceral
        encajado entre un manojo de venas

La decadencia del alma
tras repetidos naufragios
El arrepentimiento
      negado a los censores del tiempo
La embriaguez ensordecida
            por mil bares de secretos
Y desapareció en relativos minutos incandescentes
-entre usados desperfectos
        de inanimados ladrillos-
La acumulación de golpes,
      cuchilladas, desaciertos
Demonios. Virus. Descredos
Traiciones. Pasiones. Silencios
De medio siglo aferrado
          a irreverenciales duelos
Y sólo quedó desnudo
sobre metal descuidado
Un desorden de cenizas
Sin acritudes
Latidos
Sin oraciones
Ni miedos

Dos bocetos desenterrados

Vale obituarios traspapelados
          entre cicutas y orgasmos
El rosario a descuentas de desamoríos bárbaros
Palabras confesas pérdidas
             en mundos semivestidos
Acalladas por conciertos de hojarascas inmutadas

Dos bocetos desenterrados a cegatas espaldas
A seis pies de despiertos olvidadizos
El odio satura las paletas de acuarelas
Goteando ácidos a fe descalza de milagros

Dura nada la humedad de fauces
            sobre porosos lienzos
Donde antes de firmar el tiempo de los abismos
Se escurrieron las siluetas de sus líneas
para perpetuarse como marcas de despidos
contra la pared oscura de restaurado retablo

Amor clandestino

Te tocas a escondidas del ojo tras la puerta
Del reflejo trasnochado de restos de bombillas
Del santo censurador de frutos y pecados
De otros dedos. Una lengua. De intrusos elementos

Te encuentras bajo sábanas con tu yo clandestino
Con el trazo divisorio de imperfectas orillas
Con tus jugos escondidos entre pétalos de carne
Con el capullo sembrado en el eje de tu ombligo

Te conoces todas las afinaciones de tu centro
Los acordes. Los tonos. El pentagrama. Tu lira
Seguido de un arrebato de acompasadas notas
Llegas a la sublime convulsión de tus dominios

Se desploma al doblar del andén de mi insomnio
Los rincones atrapan su paleta de efluvios
El retorno al silencio del pulsar de su pecho
Alerta al reposo del final de sus amoríos. Y los míos
        Sin mis dedos
        Mi lengua
        Mis intrusos elementos

La lejanía del faro

En estaciones
donde escasean
el fuego
y el rayo
El frío calienta
viscerales temblores
De rostros a espaldas
De sexo a cerebro
De febriles espumas
De imaginarios comienzos

La fantasía no entiende
La lejanía del faro
Tropieza con mares
Archipiélagos
Estrechos
Vuela hasta el segundo
Antes de doblarse
Las bisagras que cierran
Un misterio hecho tiempo

Es temprano, y a las afueras
El viento acelera
La frialdad de los contares

Es viejo, y entre piedras
Las hipotermias se niegan
A aceptar ascuas estériles

Es medianoche, y a los adentros
El pecho imagina
Una espalda libre de velos

Me lo busqué

Tengo las cicatrices que me busqué
Los golpes que me busqué
Los dolores que me busqué
Los virus que me busqué

Tengo la miopía que me busqué
Las entrelíneas que me busqué
Las erratas que me busqué
El silencio que me busqué

Tengo la verdad que me busqué
El amor que me busqué
El desamor que me busqué
La mentira que me busqué

Tengo la polaridad que me busqué
El olvido que me busqué
La soledad que me busqué
La vida que me busqué

En cualquier tierra pernoctaré
En el depósito que me buscaré

Sonambulismo anfibio

La corriente desvía primitivos cauces
Desde sed hacia puerto incorpóreo
Detonando oníricas catarsis
-cual vértigo en cuadernas claustrofóbicas-
A goteos de esquirlas retorcidas
Perforando las vigas
el hierro moldeado
las planchas divisorias
Las sentinas donde flota
un obsceno cerebro
Excluido
Acorralado
Enajenado

Cae como abismo sobre desierto
Retrasa el acto del respiro
La cuenta se pierde
Al nivel de los palos
Los aros salvavidas lastran la ansiedad

Los azules arrastran caracolas perdidas
Cables de teléfonos interrumpidos
Sueños en cuellos de botellas verdes
Vértebras de escualo devorado

Y todo se enreda en el cuello
Las bandas
Las extremidades
La quilla
Arrastrando un maniquí ahuecado
hasta el fondo de su pecho
Sin parpadeo de luz

Sucumben las horas
Sembrado en burbujas
De fina pared
Mientras del otro lado
Otro yo
-Desigual a mí-
Va dejando que sus viejos pulmones
Se llenen de algas viajeras
Esqueletos de estrellas
Y enmohecidos corales
E inhalan mejor que yo
Mi mar
Y exhalan menos contaminado que yo
Mi desandar

El tenue silbido de naufragio perenne
Despierta el silencio atormentado
Por estar cada pleamar

Sonámbulo de alma
Anfibio de cuerdas
Esperando el auxilio
de morenas fosilizadas

Doce meses

Domingo. Invierno. Diez y cuatro tantos
Necio Febrero mentido para dar
A ceremonias de mil postales
Estériles flores marchitarán

Sobre una cama de cuidados intensivos
Un corazón trueca sístoles por diástoles de besos
En unos labios momificados tras vitrinas
Envueltos en harapos de celofán

Pasiones prefabricadas entre desiguales lunas
Brotan por avenidas.
   Doblan calles. Trepan paredes. Golpean techos
Vuelan con alas rentadas
Caen como brillos de sales
Y antes de clausurar pestañas
Se escurren por los drenajes
          escondidos bajo las aceras
De los comercios de pieles

Doce meses
Otro día que no será el mismo
Esperará
El amor
De turno
Para extrovertir
Su eterno amar

Cambios

Mucho de allá afuera no siguió igual
La calle enrocó las señales
Las aceras sacaron los filos
Los roces no manchan las esquinas
Las placas en las fachadas
          desecharon los numerales
Al camino le parieron nuevos meandros
Los escalones reencontraron sus vueltas
La puerta desdibujó los nudillos
Las bisagras sólo abren hacia atrás

Casi todo de allá afuera ha cambiado
De lo que alguna vez fue igual
No queda nada
De lo que ya era nada

Detrás de las mamparas
Un animal de paso
Ha mutado sus circunvoluciones
Para variar
Por variar
No más

Cinco lunas lunáticas

I
Desempolva las máscaras de su luna
Que ha asumido pincelar ceremoniales
Los reflejos han transfigurado las tragedias
Y pernoctan los difuntos
                entre bambalinas movedizas

II
Por detrás del proscenio de los eclipses
El hereje que almacena los demonios
Canjea las entrelíneas
            sobre la tabla de las censuras
Por una hora de sexo prostituido
                    a tonos lunares

III
Entra por la ventana del poniente
Sigue desproporcionando los muebles
Los altares. Los colgajos del techo.
                La muerte en la pared
Hasta que le rinde el rayo y cae detrás del mar

IV
El toque de tambores
provoca la puesta
Ella -semidesnuda-
lee un poema lunático
El -semivestido-
echa fuegos por la garganta
Un arlequín hace malabares con diez caracolas
Una cartomántica asegura
            que el final está por llegar
Desde arriba doce lunas
se han alineado
-Desde Neptuno
hasta el inmóvil sol-
Para borrar la amalgama
de sucios espíritus
Y sólo queda rezar

V
Llegado el momento
Tomó mármoles y cinceles
Dedicó un epitafio a su soledad
Fue hasta el fondo del patio
Lanzó una cuerda
hasta el saliente
del último menguante
Enceró su nudo de ahorcado
Y antes de que
desapareciera
su espectro
Se dejó llevar
Hacia ella

Desarraigos

¡Vejez!
Hazme diablo
Hazme sabio
Para entender en otoño
A las hojas que se sueltan
de los troncos patentados
Y arriesgan la facilidad del techo
Por la inmensidad del aire
Y resecan sus venas
Y descomponen sus pieles
Y despiden sus arraigos
Y al pairo de sus vuelos
Al azar de sus destinos
Van a morir tranquilas
Sobre tierras allende islas

¡Vejez!
Hazme fuerte
Hazme grande
para en un instante
de cualquier día
De cualquier año
Despojarme
de acumulados lastres
Y a sabiendas del final
Largarme

Norte de brújula oxidada

A duelos contornea las trampas de los mapas
En otoños opacos venidos de ultramar
Aquellas que se hunden al beso de las huellas
Las que crecen tan crudas como golpe polar
Las mismas que cortan
                si rozas el borde de sus crestas
Las que se ensañan con la espalda
                no más sentir cruzar
Unas veces venidas por oleajes silvestres
Muchas tantas dejadas por demencia ancestral
A tientas recupera el entrecortado descalzo
La ruta enrevesada tatuada a tinta lunar
Curtido a golpe de golpes
talla sus derroteros
Entre voces silvestres o carnívoras muecas
Marca hacia el horizonte el final de sus vueltas
Como norte de brújula oxidado en su pecho
Sin importar los imanes tentadores de inciertos
Sin importar las señales
abortadoras de andar

Quimeras extraviadas

Por correo arribaron los diluvios renuentes
En envolturas blanqueadas por tráfico de duelos
Dudas trucadas suspendidas en remolinos contrarios
Dejados a erradas de buzones perpetuos

Estampillas timbradas a precios pactados
Cargadas con perfil de rostro de mujer insondable
Despiertan regresiones en borrosas bitácoras
Olvidadas entre lomos de moribundas labias

Ilegibles destinatarios. Vacío de remitentes
Incita a morder la incertidumbre en las entrañas
La culpa desnuda las fauces de un delito
Busca un oasis a la deriva. Sin gargantas ni dientes

Devuelve esas gotas tatuadas de aguas
Al asfalto seco de insípidas señales
No fueron enviadas a un nombre de pila
Llegaron equivocadas para maldecir palabras

Usa los sudores pardos sobre cráteres dormidos
Y abona las bombillas que flanquean
                          la ruta de las trampas
Para guiar las apariciones hacia la sed de sus dianas
Para evitar el descuido de quimeras extraviadas

Acentos

Acentuó cada final
de verbo conocido
y los cambió
en todas las dimensiones
que alguna vez
conjugadas en presente
izaban velas
en atemporales poemarios

Lecturas ilegibles

Va borrando lecturas
-sobre palma de mano-
la fricción con las piedras
Con las aguas
Las pieles
Y se acortan las marcas de onomásticos
Se trenzan los meandros de amores
Se desfonda el depósito de deudas
Y sólo una seca tos
-por décadas contaminando humaredas-
visita mi pecho
a cada rato
y anuncia
otro cigarrillo más
como casi listo réquiem
a escuchar
Han quedado ilegibles los romanos
del reloj de pared
Y vagabundean las campanadas
Además

palabrerías

I
En una hora lloverán
        cientos de miles de palabras.
Poco menos de una vida entera para evaporarlas

II
Mucha penumbra entre palabras.
Deja pasar luz y echemos a un lado los claroscuros
entre dos silencios

III
No vino mal su sexo animal
sus gemidos incoherentes
y aquel monólogo suyo
repleto de sucias palabras

IV
Arenga trenzas de vocales
        y consonantes prefabricados.
Sin comas.
Sin puntos.
Sin sentidos.
Sin verdades.
Y los necios aplauden

V

Entró por la puerta que no era.
Salió por el agujero que daba al frente.
No comprendió los pasquines.
Ni escuchó sus voces.
Decidió irse sin hablar

VI
Por no contarle, nunca lo supo
Por no saberlo, nunca giró sus vientos
Por no girar sus vientos,
        nunca guió su veleta hacia puerto
Y no escucha el aroma de su
            vientre embarrado de sal

VII
Entre un montón de hojas
Se pierden un montón de gritos
Y traspapelada
La luna

VIII
Todavía
En alguna gaveta de casona antigua
Debe pernoctar
-descomponiéndose-
Una carta dentro de sellado sobre
Esperando
-treinta años después-
por una respuesta

IX
Infinitas combinaciones
de palabrerías.
 Y acaloradamente
se escogió mal

X
¡Y que sólo bastaban
dos pares de palabras
para que se hubiese
desordenado
todo este desorden!

Elixir que no he de beber

Por entre garrafas
donde prisman alcoholes
Un elixir encerrado
en tallados azúcares
Mueve sus densas
caderas paganas
A la buena de todos sus dioses
De todos sus brujos
A la buena de su mestiza merced

Y sin pretenderlo
sus estelas desandan
desde el borde del maderamen
hasta el filo del suspiro
desde la diestra del descuido
hasta la siniestra del placer

Y sin procurarlo
sus criollos espíritus
irradian densas mieles
mezcladas con islas
Con cañas
Con trópicos
Con alisios
Y acarician el borde
de sedienta garganta
con mojados labios
que dan ganas de besar
Besar
Y volver a besar
hasta encontrar sin sentido
la brújula
el camino
la fe

Por entre botellas
donde espectran demonios
Un imposible elixir
embriaga la mente
con sólo inhalar su joven buqué

Mas no se deja catar
No se deja
No me deja
Y sin más remedio
pido un doble de ron
-que me regresa a su tierra-
Y lo libo
Imaginando
-imaginándola-
beberla
-beber-

Octavo día

Muté a espectro
cuando desaparecieron
las noches
Y las lascas
que resguardan las tangentes
comenzaron a ser visibles
frente a las fachadas
perfectamente pintadas
a rodillos desechables
Y descubrieron mis contornos
Y ya no podía disimular
la mirada escrutadora
de los transeúntes
Y debía explicar el porqué
de cada cicatriz
De cada nicotina entorpecedora
de caudales
De cada arritmia manipuladora
de cada latir
De cada mala palabra tatuada
en inútiles extremidades
De todo lo que se descomponía
desde las arrugas a la raíz

Y al octavo día
-después de dos días de descanso-
creó aguaceros policromados
Y muté a vitral

Solo del viento.

Abre los ojos antes de atracar orillas
Y encuentres pilotes donde confesar alientos
El vaivén del latido hipnotiza desamarres
Volviendo náufraga la obstinación por los puertos

Pisa a descalzos las tablas movedizas
Divisorias de techos. Sótanos. Ajenos
Las gotas agujerean y pasan tras las huellas
Enmoheciendo los dobles fondos descubiertos

Busca la entrelínea oculta en señales empotradas
En cada esquina de cemento imperecedero
Aclaran las direcciones
                    donde tropezaron los rostros
De incrédulos acólitos a rumbos inconexos

Duda del fuego en estufa de vidriera
Encendida con luminiscencias parpadeantes
Guardan el frío detrás de las pupilas
Cegándole las manchas a las insípidas primaveras

Tantea las pieles que tapizan las cavernas
Buscando heridas que delaten duelos
La perfección acuchilla culpas de otros
Antes que el alba adormezca los desvelos

Conjura a solas con todas las verdades
Que no desean atesorar los cuerdos
La ceremonia de conversar con los demonios
Sólo se logra con la intranquilidad del pecho

Confía del viento que rompió en pedazos
La carne cruda de presente antiguo
Las resguardó entre sus limpios remolinos
Para alimentar las hojas hambrientas en la despensa

Cortezas malgastadas

Salimos a descifrar conocidos abandonos
A los acantilados donde los perseguidos
desechan los álbumes atestados de daguerrotipias
Perteneciente a extintas multitudes casi humanas

Alguna vez cargaron todas sus extremidades
Su cabello intacto de continuas erosiones
El olor a sangre reventando venas
Sus senos.
Sus dientes.
Su torso.
Sus miradas

Hoy son restos de fototeca antigua
Maquilladas desde el error de nuevas artes
Hasta la distorsión de las herrumbres
Para reconstruir sus olas.
Para no aceptar sus ecos.
Para desentender el lenguaje de los inciensos

Y revisando distorsionadas imágenes
encontramos nuestros rostros
con vapores de antes
Bajo cintillos con viejas fechas
relojes con horas antepasadas
modismos de pintores muertos
Semblantes tatuados a sonrisa ingenua
Infantil
Diáfana
Descarada
Hoy esfumada ante la voracidad de las pantallas
Los retoques
Los destellos
La manipulación de los misterios

Y rendidos regresamos a tiempos modernos
Sobre señales fluorescentes
Sembradas sobre arrugas trastelonadas
Nos traen hasta aquí
Siempre seguros
Demasiado seguros

Volvimos sin adivinar refugios
A los asfaltos donde los
creídos
autoflagelan poses
en la desmemoria de sus aparatos inteligentes
y los rocíos habían caído
como piedras fósiles
sobre cortezas malgastadas
por inmortalizar
momentos vacuos

Egolatrías

Colgaron relieves en las concavidades invisibles
Donde las manos ocultan la rigidez de las córneas
Prohibiendo la estancia de irremediables inciensos
Propensos a procrear desamores eternos

Desoímos las lenguas conque ofician los duelos
E irresponsables enfrentamos
nuestras bajas insanias

Era dañina su danza
Era herida mi espectro
Era veneno su alma
Eran demonios mis vuelos

Y hasta en plena herejía de impensables rotares
Las gotas de ambos sudores
contaminaron los subsuelos

Imposible pernoctar polarizadas burbujas
En el mismo espacio oxigenado por erráticos cielos
Los desechos mundanos de sus acompasados ahogos
son moléculas deshabituadas
                    al mismo respiro de tiempo

Par de ególatras sapiens
-que alguna vez hubieron de intercambiar fluidos-
vagan por caminos destinados
a cegarse sus cueros

Van atomizando pequeñas dosis
                    de ácidos incorpóreos
Que separadas, aturden
Que mezcladas, matan
Y que hoy evitan deletrearse
-por temor a accidentar-
la terquedad de sus remiendos

Sólo si no está

Si no la ves
Muéstrale el boceto
que de su rostro
hicieron mis erráticos dedos
Desarmados de pinceles
Lápices. Carboncillos
Óleos. Acuarelas
Páginas. Paredes. Lienzos

Si no te escucha
Susúrrale el desordenado poema
que le dedicó mi luna
ebria de momentos
Desprovistos de rimas
Cursilerías. Métricas
O de cualquier
frase patentada
en otro desamorado verso

Si no la encuentras
Márcale los andenes
que desembocan en mis brazos
Sin señales. Veletas
Sin guías. Bombillas
Con recodos. Revueltas
Piedras únicamente marcadas
por el descuido irreverente
de atrevidos derroteros

Si está
Haz como que nunca
hubieses escuchado
ni los ecos
de estos tres
erráticos versos

La suerte del mago

I
No es decadencia
Es barro escapando de los moldes
-hechos con despojos de velero
empotrado en dique seguro-
Y osa arriesgar otro nuevo final de emergencias

II
No era un milagro
Ocurría durante el solsticio de verano
E invierno
Antes del cambio climático
Subía hasta el saliente más alejado
del desfiladero reservado para los suicidios
Provocados por las erráticas fluctuaciones
en las traslaciones terrestres
Abría los brazos
Y se lanzaba al vacío
Era humano hasta ese momento
en que se volvía cuervo
Y zigzagueaba por sobre los tejados del pueblo

Los postes del alumbrado
Y las antenas ilegales
Después bruscamente caía
Embalsamado de cables, tejados y varillas
Al volver en sí
Ya los pobladores le habían arrancado
las basuras celestiales
Y sólo tenía el cabello embarrado
de rocío de sucias nubes
Y regresaba a casa
Descalzo
Sobre los asfaltos

III
No es ceguera
La puesta anterior
pasó lo mismo
Y fue delante de todos
El iris del ojo iba mutando
hasta que adivinó la posición
donde se apagaba la imagen
Y a partir de ese punto
Cierra los ojos para no ver
cuánto se acercan las carnes
-a sus labios-

IV
Era en vano
Y lo sabía
Llenaba líneas enteras
Páginas enteras
Ficheros enteros
Discos duros enteros
De combinaciones
de consonantes y vocales
que parecían palabras
De hileras de palabras y signos
que parecían frases
De frases paralelas a otras semejantes
que imitaban versos
Y de versos seguidos de silencios
que clasificaba como poemarios
Que desde el principio
sólo leía él
Y su hemisferio derecho

V
Es lo que no aceptas
que se perdió
en una mesa de apuestas
Sin naipes
Dados
O esferas girando
antes de caer
en un color desesperado
en un número indivisible
en una chistera de demente mago
Pero se perdió
Y esta vez
-por sólo esta vez-
es
irrecuperable

VI
No estaba propuesto envejecer diferente
De niño era bastante parecido a los demás peseteros
De adolescente se masturbó
más o menos
las mismas veces que los otros solitarios
De joven a lo mejor se emborrachó
un poco más
que los de los asientos de al lado
De adulto se negó a cuidar sus órganos internos
Y al verse esta última vez en el espejo
Notó un reflejo sin carnales amarres
Cuentas bancarias
Estampitas de vírgenes
Terrenales descendientes
Y pensé:
hoy no me voy a bañar

Ceremoniales cíclicos

Marca el ante meridiano de otra víspera encajada
En calendario troquelado sobre homo animal
Las luces bajan de tono la noche
El descaro del alba no se hace notar

Carteles castigados antes de nuestra era
Avisan el obligatorio itinerario al retablo
Veinte estaciones para títeres modernos
Señaladas por veinte perecederos trazos

El cenit expectora por las gargantas de la plaza
La aglomeración controlada del tatuado rebaño
Dispuestos en filas. Con crucificados espacios
Vitorean consignas injertadas en sus labios

Ceremoniales cíclicos a rotación rígida
A lustros pasados. Con hierro anterior
Las mismas arengas. Las mismas pendejadas
Marionetas envejecidas por prisma monocolor

La puesta deslía las cuerdas a los hombros
Los reos regresan a su hipnótico estado
Coleccionistas de restos salen a rapiñar huellas
Punzando cien raciones de prefabricadas máscaras

Pulsa la última cuerda de rotación moribunda
Los focos claudican al paso de las sombras
Hasta nuevo aviso no se verán a los ojos
Los transeúntes que atraviesan cada día la plaza

Pasado descontinuado

Propongo no hablar
entre nosotros
en pasado descontinuado
Como por ejemplo:
La luna de ahora
era la misma de hace unos años atrás
sólo que tenía más espacios con sombras
y menos con luz
Al final, es la misma luna
Pero no era el mismo yo
Ni eras la misma tú
Y esa noche
no estábamos los dos
acariciándonos
los desfases corporales.

Diez errores míos
-No de ellos-

I
Pides algo de comida
y te rechazan
Mueres de inanición
y sales en los diarios

II
Sales a buscar trabajo
y te ven como un inútil
Eres un vagabundo
y les das lástima

III
Robas un mercado
para dar de comer a los tuyos
y eres un burdo delincuente
Estafas al sistema
y eres un ladrón de cuello blanco

IV
Chupas ron barato
y eres un borracho asqueroso
Libas caras bebidas espirituosas
y eres un bebedor social

V
Dices la verdad a la cara
y eres un insoportable
Mientes, timas y engañas
y eres un tipo muy astuto

VI
No sigues las reglas
y eres un desadaptado
Vas cumpliendo con todas las señales
y eres un exitoso

VII
Fumas marihuana legal
-pagándole los impuestos al gobierno-
y no es delito
Fumas marihuana ilegal
y eres un criminal

VIII
Protestas por los desaciertos del sistema
y eres un antisistema
Te unes a los errores del sistema
y sobrevives

IX
No crees en religión alguna
y eres un pecador insalvable
Crees en lo que quieres que ellos creas
y eres un pecador igual
pero rezas tres no sé qué carajos
y cuatro no sé qué pendejadas
y serás salvado

X
No consumes toda la mierda que te venden
y eres un avaro
Haces seis bancarrotas
y te postulas para presidente

Tipo normal

Deshazte de toda esa basura de hojas intoxicadas
Deja de intentar ser diferente
Deja de probar ser indiferente
Para de perder el tiempo escribiendo boludeces
Sólo eres un vago sin talento para nada
No vas a vender ni un cabrón libro
Esa mierda no la compra nadie
Hazte un tipo normal
Búscate una mujer de verdad
Cásate
Ten tres hijos
Un patio
Un perro
Olvida el descapotable
y sácate una furgoneta
donde puedan pasear todos a la vez
Y cómprate una parrilla
donde los fines de semana
cocines tus últimos días
Desiste viejo loco
Hazme caso
Hazte un tipo normal
¡Soñador de mierda!

Lo mando a la otra cara de la mierda
Llego a mi cuartucho
Abro la laptop
Y vacío de voces
comienzo a escribir
un poema titulado
"Miedo"

La conjura de los heraldos

Llevan tiempo rondando tras boca de puerta
Sus susurros aturden el desvelado dormir
Van planeando a sus ganas las bitácoras perfectas
A la ruta de entrada al túnel de nunca huir

Cuatro voces entrecruzan sus flores y dagas
Cuatro lenguas divididas en cauces de a dos
Cada una convenciendo al azaroso camino
De degollar mis pisadas de cerebro a raíz

Separaron tres líneas en la sección de obituarios
Del único periódico sobreviviente a la crisis del papel
Ha afilado sus grafitos un escritor de misterios
Para componer la esquela que despedirá mi fin

Con restos florales de celebración de nacimiento
Embalsamaron los aros de corona reusada
Manchadas por las hambres de los últimos inviernos
Que barrenaron mis huesos desde aquel solsticio sin cambio

De marabú espinado
cortado antes de las secas
Tapizan la barca que navegaré sin vientos
Las pálidas luces ocultas entre telones lúgubres
Exaltan las cicatrices en los helados labios de mi capilla hirviente

La pala y el pico nerviosos vigilan las mágicas manos
Del prestidigitador de despojos mundanos
Mientras la tierra sucia de lodos y pétalos
Matriarcal aguarda por su nuevo arrendatario

Los hombres sin rostro apremian su conjura en contra de mis vicios
Para salir cuanto antes de mí deslenguado verbo
Afilan sus dagas. Contaminan sus rosas
Blandean a ras del cielo su guadaña vil

Retazo 72

Bocabajo
Pegado a la madre
Se siente crujir de los tallos
Quebrando la tierra
Luchando aires
Persiguiendo luz
Bocabajo
Cercano a la incertidumbre
El pecho ausculta el regreso
Al barro
Mitad húmedo
Lo sobrante, endiablado
Deforme
Esperando
para ser moldeado
Al sexto día después
Como otro humano
Mejor

Triángulo vicioso
Costumbrismos

I
A lápiz y despechos
A líneas y polvos indivisibles
A arritmias y desvelos
Rebotan letras crucificadas
sobre papel a punto de deshielos
Y menguantes

II
A pinceles y remembranzas
A rastros y tintas perdurables
A pulsos y apariciones
Revelan bocetos de córnea atardecida
sobre fibroso lienzo
Y atemporal

III
A mazos y duelos
A cincel y lascas despechadas
A latidos y sudoraciones
Enhebran surcos moribundos
sobre lápida recién tatuada
Y estéril

Costumbrismos

A mínimo descuido
de párpados ebrios
Los rotares
de triángulo vicioso
Atreven sus ángulos
a contra pecho
Una a una
Y tres -a la vez-
Desgarran poros
de barroca vestimenta
Arrancan jirones
de arrugado pellejo
Llegando hasta
afónica garganta
-sin gritos-
en unos ya
amarillentos huesos
Y un conocido hilillo de dolor
se deja sentir
en las circunvoluciones
de angosta sien
Acostumbrada a fingir
Acostumbrada a morir
Acostumbrada a sobrevivir

Y heridas nuevas
se confunden
con flagelaciones ancestrales
acumuladas por siglos
de cimarronear
entre marabuzales
labios dagas
y trasnoches
Y otra maldición
-por la cual beber-
Aflora

Ocultos adentros

Amanecieron cerrojos
Empotrados en los pechos
A la hora en que los espejos
Reflejan los despertares
Al principio fue asombro
A la tarde fue costumbre
A la puesta fue secreto
A la noche fue silencio

La mujer de la rotonda
Maquilla su ciego agujero
El hombre al cruzar la calle
Pinta de blanco su brecha
El vagabundo de la acera
Llena con trapos su ranura
La anciana del segundo piso
Con un crucifijo oculta
          su ahuecado misterio

Aparecieron las llaves
Sobre la mesa de regueros
Al azar de los portones
Sobre las cajas de huesos
No conjugan las ranuras
Disientes los desniveles
Los rotares se deslían
Desaparean los credos

Entra mañana y traspasado
Solsticio de los inviernos
En el fondo de las gavetas
Bajo mil bloques de hielos
Duermen las claves erradas
Negadas a abrir silencios
Que nunca se confesaron
Para evitar descubrir
Lo que cada cual entierra
          en sus incógnitos adentros

Luminiscencia

La madrugada es la hora de liberar las luciérnagas
Aún sobrevivientes
        dentro del baúl donde el corazón pernocta
La mirada clavada a la puerta de esquivar el mundo
A la espera del desnudo que encienda
los rincones perdidos

Sin obturar los quejidos de oxidadas bisagras
Penetra las cuencas de lunas clausuradas
Los oídos auscultan el vibrar de descalzos furtivos
Sobre baldosas ausentes en marcados laberintos

Y una luz traspasa su planetario de pecas
Le roba las sombras al error del espacio
Aparecen los grafitos ocultos tras capas de pinturas
Despiertan los telares perdidos
        en los cielorrasos del cielo

Hasta las fauces de mis hambres
Acerca los pezones de su carne
Y me da de beber sus faros
Sus filamentos Sus prismas Sus vitrales
Sus imperfectos arcoíris
Sus claros de lunas
Su reflejo de hembra sobre manantial de sed
Y es tanta la luz que libo
Que deja al descubierto mis sangres
Mis enredadas venas
Mis descuidados órganos
El conteo de mi reloj de vida
Mi centro de ingravidez
Y al detener sus caudales
Quedo apagado
Silente
Perdido
Oscuro

Todas las veces que viene
deja una cicatriz en las córneas
Y de paso en los labios
Y de paso en los huesos
Todas las veces que parte
Deja un raro apagón en mis noches
Que a veces duran horas
Que a veces tardan hasta la sorpresiva vuelta
De sus desnudos
Sin avisos
Sin sentirse los chirridos de las bisagras clausuradas
Solamente ella
Y esa luminiscencia
que se filtra
a través de su tamizado
de infinitos lunares

Olvidos intencionales

Han quebrado el recodo
                    que llevaba hasta el vientre
Las huellas dactilares sin dedos enguantados
Se extraviaron los roces
Se rindieron los intentos
Queda virgen de manchas el ombligo en el lienzo

Han cortado los cables que
enchufaba a la lengua
Con la oreja agujereada por pendientes silvestres
La vibración desoye
La palabra entorpece
A la noche las cigarras acuchillan los ecos

Han dejado escombros flotando en la marea
Pedazos de pieles desnutridas de algas
Negándole al hambre desprovisto de brazos
Arribar a la hora en que pican los peces

Ha detenido la lluvia y ha quedado sucio el rostro
Con la última tormenta de arena de desierto
Allende a las pupilas
Insípida a los regresos
La nueva máscara oculta añejos desencuentros

Han amputado las manecillas
del reloj de pared
Que falseaba la cuenta
de los años robados
Ahora nadie sabe cuánto le resta de vida
O cuánto le adicionan a la lúdica muerte
Y pulen los espejos
Y engañan sus reflejos
Poniéndose emplastos para embellecerse

Tropiezan las verdades con paredes prefabricadas
Olvidadas intencionalmente
por justos agrimensores
Que han quemado los planos
Que han ahondado los istmos
Para negar el encuentro
Entre dos hemisferios

El sabueso y el humanoide

El sabueso hambriento de latidos ajenos
       Abandona la solitaria jungla
donde las sístoles son sólo ecos
  El deshumano instinto lo guía hacia las aceras
Donde las diástoles entre los sapientes
         son solos de vientos
Las salivas perciben la sed en los drenajes
     El olfato mastica el miedo en las veletas
Los oídos auscultan los mensajes en braille
    La mirada acecha a la escogida presa

Elige un trozo de carne viandante
  Que ha perdido las sienes entre luces y cables
Entre etéreas antenas
  Entre marcos brillantes
Entre ceros y unos
    que no suman parejas

Lascas de pellejos tapizando vidrieras
   Géiseres de sangre maquillando cielorrasos
Astillados huesos claveteando acritudes
   Ojos inertes desenchufados a una pantalla silente
Sin auxilios
            Gritos
            S.O.S.

Los del mismo caudal detienen las piedras
   Los que cruzan y olvidan
Los que parten y vuelven
         Los del piso de arriba
Los aún no enterrados
 De las neveras sacan los teléfonos inmóviles
Y deshielan grabadores
 Los destellos
 Los buzones
 Los lentes

Atraviesa el asfalto sin torcer el hocico
 Sosteniendo entre las fauces
un arrebato de respiro
Un rodillo de hierro descuidado de embragues
      truenos y señales
Golpea a boca de pieles al demonio carnívoro

Un taxidermista arriba a la escena del despojo
  Tiras de pellejos cuelgan de los andamios
Algunos molares salidos de las encías
  Las venas vacías de tanto llover
Guarda lo que puede
        y se vuelve a la oscuridad

La muerte del hombre
se olvidó antes de la muerte del mes
Mil noticias vacuas archivaron los cintillos
 que mal escribían un nombre
Treinta burdos vídeos
 borraron el dolor grabado entre mordiscos
Las instantáneas
        se autodestruyeron automáticamente
        de la tarjeta de olvidar

Las pulidas vitrinas
encienden los trasluces por censores de puestas
Dentro de esqueleto antiguo
 forrado con cristales modernos
Truecan teléfonos celulares
Cámaras de vídeo Fotografiadoras
Espejuelos virtuales
Amores en 3D
Automedicadas tabletas
Por cuerpos sin sesos Lobotomizados Huecos

A un costado de los multicolores prismas
Un animal momificado de muertes
Custodia la volátil inmediatez
La visceral desmemoria
De no ser contaminado
 por algunas circunvoluciones clandestinas
-en negación de amnesias-
Mientras entre sus reparados dientes
hieden restos
        de humanoide desconectado

Últimos auxilios

Un trozo de piel puede negar hipotermias
Una cuña de madera puede soportar un derrumbe
Un monosílabo puede retardar despedidas
Un parche en la llaga puede detener hemorragias

Un pequeño roce puede aclarar dos desnudos
Un buen talismán puede rechazar malas rabias
Una duda puede acercar horizontes
Un mal paso puede enderezar desandadas

Un preciso silencio puede prologar cien palabras
Un segundo puede retrasar dos ausencias
Un breve poema puede encasquillar una bala
Un siguiente latido puede alimentar esperanzas

Remolino de aires

No da tiempo ni al vértigo
Si el borde es el despido
La viga cruje
-a secas lágrimas-
Los pasos temen
-a cargar huellas-
El pecho descuenta
-en desacuerdo-
La luz se agota
-a cuentagotas-
Dejarse caer es la respuesta
para un armisticio mudo
cincelado dentro de
desequilibrados oídos
No quedan voces
No silban ruidos
Antes de llegar al fondo
-o a la superficie-
algún remolino de aires
 puede que nos salve
-o al menos
nos amortigüe el golpe-

Fechas

La presiento todo día
Que cae jueves
Doce
Agosto
Pleamar
Verano
Puesta
Que se almuerza vino
Que comienza desnudo
Que se chupa sexo
Que despreocupa amar
La espectro toda noche
Que cae luna
Y se atoran los párpados
Y se desacelera el reloj

Cuando deje de ser vago
(Y tenga tiempo)

Voy a llenar de goteras
sobre charcos
los silencios
de burbujas comedidas
Y sentir las vibraciones
de las ondas
que se expanden
hasta el borde de mi silla

Voy a azuzar los fuegos sucios
tras las lluvias
vírgenes de tiznes
de cenizas
Y evitar el mal olor de los inciensos
coloreados con matices radioactivos

Voy a torturar la quietud
de las meditaciones
con golpes de tambores
de solares habaneros
Y embrujar la insipidez
de las descendías
con especias provocadoras
de descuidos

Voy a garabatear
sobre paredes bien pintadas
malas palabras
que resultaron muy bien dichas
Y mirar como en lo oscuro
y a escondidas
son borradas por los cultos
de la cripta

Voy a esperar
a que los cuervos emigren
a rapiñarse los pedazos
de mi isla
Y una noche iré a beberme
unos alcoholes
con los buenos que no vendan
sus reliquias

Voy a amarte
al instante que te atrevas
a dejar desbocar
tus manecillas
Y la una de tu día
sea el 7 de mi puesta
y la tarde de tu vientre
sea la madrugada de mis herejías

Voy a gritar
a mitad de sinfonía sacrosanta
las maldiciones bendecidas
por mis huesos
Y escuchar
las vociferaciones de las pitonisas
que profetizaron mi erosión
antes de tiempo

Retazo 73

Detrás de ese bloque restaurando a base
de parches cementados
De ese entramado de vigas corroídas.
                              Corrosivas.
Desajustadas. Algunas hasta
media expuestas
De ese interior repleto de cañerías inservibles
De filtros de aires
De filtros de virus
De filtros de aguas residuales
Con una bomba de agua
de más de medio siglo de explotación
Detrás de esa mole en ruinas
Hubo música
Yo sé
que todavía
hay música
Aunque sólo deje filtrar
-a los pocos oídos que aún escuchan-
algunos errados ecos
Que -aunque débiles-
aún yo escucho

Suicidio en vinilo

Al final de ese surco
saltará la aguja
Hacia la inmensidad de otra nada
Donde pernocta
-a latidos profundos-
la suicida partitura del despido
Y el universo regresará
a sus comienzos
Cuando todo sólo era
un concierto de silencios
barrocos
Y se distorsionará
-como ha pasado en incontables antes-
la decadencia
de mi metrónomo
De mis oráculos
De mi cauce de vino

Burlonerías

Nada pesará reír
En medio de un sarao de plañideras
Blancas de lutos
Negras de lágrimas
Ellas cobran por los gritos
Mientras gratis
van tatuándose
carcajadas
Tras el rezo de una manada
de mariposas
Y nos burlamos
-los dos-
Del onomástico de una muerte
De los aferrados
a un sarcófago de salvación
A una enterrada sin caídas
A una sembrada vida
condenada a una única absolución
Y aleteamos -juntos-
hasta el más allá
del recién fosilizado
bienaventurado

La censura de su boca

Vengo a vivir cuando me despierta el sueño
y se vienen tras los ojos sus motines
Una danza despojada de corduras
Un desnudo empapado de señuelos

Pierde el tacto sus recursos luminarios
y la lengua se resguarda en caracolas
Pasan sombras con siluetas archivadas
Liberadas al espejismo de sus olas

Sale, entra, rota. Se detiene. Anda
Por detrás de los telones se divierte
Frente a un cuerpo amortajado a su luneta
Frente un pecho restaurado de remiendos

Vengo a morir cuando los sueños adormecen
y los brillos difuminan claroscuros
Y se clava por delante de mi insomnio
La censura del recodo de su boca

Charada

De cero a fruta
pasé de zambo a despacio
De mar a pesca'o
deshilé dos pañoletas
De dinero a perro
me mudaron de dos rocas
De ratón a mujer
saboreé el sexo bendito
De libro a piedra
torturaron las espaldas
De sol a cangrejo
desandando en remolinos
De camarón a novia
embrujaron mis altares
De mariposa a muerte
Alas negras. Mar de exilio
De cantina a tiburón
laberintos sin escapes
De tranvía a mala noticia
mil andenes sin partidas
De gallo a capilla ardiente
un destino muerto de risa
De pellejo a secas cenizas
viento desapareciendo vicios

Remodelación

Al atardecer del día
que se venza la luz
de esa bombilla
Encenderé las sombras
que cruzaron
el estrecho de un canal infinito
Y que son los claroscuros
delineados al brochazo
de un viperino palabrear

Retorceré mis huesos
rectificados al trueque
De guirnaldas por asfaltos
De planetarios por callejuelas
Y volverán los eclipses
a encandilarme los párpados
Y volverán las arritmias
a infartarme el pulsar

Cambiaré de sitios
los muebles
de la huerta
por canales de rocíos
por donde navegar
Y naufragar
cuando apetezca
la luna que apetezca
sobre el madero hundido
en el doble fondo
de algún encontrado bar

Descompondré los herrajes
del reloj
tras la puerta
para desentenderme
del tiempo universal
Y retornar al desfase
incoherente de mis
vueltas
a la espera de alguna rotación
a contra huso normal

Inventaré veinte azarosas
estaciones
que no usen equinoccios
ni solsticios
Que entren sin avisar
Y desordenar las mantas
seguras en los armarios
el día de dar las gracias
y la cena de navidad

E inventaré un rezo
libre de renglones
Y una maldición atada
a la pata de mi altar
Y pondré anchas velas
donde habitan paredes
Y rumbos desobedientes
mientras no me dé
en la frente una estrella unipolar

Y a la vuelta de la esquina
donde se desvela el mundo
me sentaré alguna que otra noche
a beatificar mi
sagrado desandar

Cristalerías

Donde sus lentes ven verdes
Mis prismas distinguen azules
Y no es trampa de daltónicos
O acritud de amaneceres
Son espectros enredados
Tatuados en el traspatio
De las córneas de dos bardos
Rendidos a sus cristales
Y no por eso su yerba verde
Y mi azul de siete mares
Han de dejar besarse
Tolerarse Aparearse
Bajo un desnudo de lluvias
En un horizonte de alas
Sobre un delta de mil encuentros
O en las costas de dos radas

Pactos negados

I
el mensajero rehuyó
firmar pactos conmigo
y arrancó de un mordisco
los sellos de los sobres

II
los buzones sellados
negaron los depósitos
embarrados de las huellas
del roce antes del fuego

III
salvarían sus brujos
la muerte antes de hora
marcada en los obituarios
con ribetes oscuros

IV
la bolsa ligera de pesos
liberó en el camino
la correspondencia vencida
al silencio del viento

V
sobre la pared de adentro
armado con un fierro
cincelaron las horas
perdidas entre onomásticos

VI
el ventilador de techo
acerca hasta la tierra
los olores ungidos
de vientre descompuesto

VII
busca
-enredada en la estela
donde se agota el camino
una gota de ella
antes de hacerse nube

VIII
y tenía brazos
y piernas
y labios
pero nunca lloró

VIII
esperando
a que se hiciera de noche
para que las voces
no fueran escuchadas
por los sueños

IX
el latido anterior pidió
—como último deseo—
un latido más
pero los siglos lo negaron

X
se perdió a retazos
la fachada del hombre
sentado sobre el pecho
de segundo consumido

Presagios para dos estaciones

abren el abanico
con varillas ausentes
seguros de que el viento
pasará dejando vacíos
sudorosos

del labio
saboreé el veneno
del abrazo
el rezo en la espalda
del roce
las lascas a dentelladas
del desnudo
las cicatrices clausuradas
del sexo
el atraso en el reloj del campanario

amasijo de palabras
golpean las cavernas
donde pernoctan las lenguas
a la espera del paredón
de los condenados a la libertad

aparecerá
-de lo que asemeja al todo-
un requiso de luz
-casi imperceptible-
entre dos estatuas
moldeadas con imperfectos barros
e irán perdiéndose
la alquimia de las mezclas
e irá fluyendo
hasta el pedestal
dejando una marca -efímera-
sobre los asfaltos
como el desfase anterior
anotando finales
en portadas duras
dos trapecistas
rinden sus equilibrios
y abandonan
las cuerdas
con todas las mallas
devoradas
-entre sí-

y no habrán
consumido
dos estaciones

Retazo 74

Un martes cualquiera
de aquí a que amanezca
concertaré mil cocuyos
a esconder sus luces
en mis cocuyeras
Pendientes a un aviso
para que se prendan
Y alcances a verlas
Y tranquila llegues
-sin dar tantas vueltas-
Hasta el centro exacto
donde este guajiro
-de bajos solares
y oscuras callejuelas-
impaciente espera

Pieles y escamas

I
Entró por la calle principal de la isla
Vestido de yerbas y collares
La misma calle que antes de morir
Decidieron borrarle su nombre

II
Cargaron la guillotina
Hasta el traspatio del monte
Y cizallaron una por una
Las rebeliones de los tallos

III
El edicto de la censura
De las trenzas de vientos
fue firmado en la mañana
Los molinos invirtieron rotares

IV
Los pasquines triunfales
Inundaron las calles
Las aceras los postes las paredes
Los techos las chimeneas
Y la parte del cielo donde daba la luz

V
Y mucha gente vestida con los colores patrios
Y una patria hecha sistema
Y un sistema hecho idea
Y una idea hecha vida
Y una vida hecha mierda

VI
Pregunta
¿No sé por qué piensas tú
que tengo que pensar igual que tú?
Respuesta
No sé por qué piensas tú
que tienes que pensar

VII
Sonó la alarma de salida
Fueron tanteado las cerraduras
De todas las puertas
En el medio de la calzada
Descubrieron una

VIII
Deportadas las tierras
Debajo de sus pasos
Por no seguir los cauces
De los surcos marcados

IX
Entre peces y fondos
sumergido en sus voces
a veinte leguas de algas
bajo el cambio de azul

X
Detrás del muro
Que dividía el horizonte
De las anclas
Quedó sin cobertura
el infinito

XI
Unos años más tarde
Saltaron sobre la cubierta del naufragio
Y comenzaron a fundirse
Las pieles con las escamas

Ajedrez en Los Ángeles
(O en Miami)

No te quedes aquí
Meditando
¡Maldita seas!
Saca fichas y golpea
Lo más fácil es claudicar
con los hijos de puta santos de las abstenciones
Te puedes enrocar -y huir un rato-
Asustar peones al paso
Apostar a matar a un caballo a mitad de carrera
Y quien sabe si devorar una puta reina
Un rey -si te cuadra-
O un alfil - con cuidado-
O esa rigidez de rocosas torres
No te quedes ahí
Ni pienses tantas jugadas
Ni tanto
Lo pendejo es renunciar
A perder

Azul casi negro

Pareciera por fuera que
las puntas de lenguas
hubiesen conseguido desgastar
las agujas imperceptibles a la
luz dejando invisibles
los pedazos de cal
arrancados
a la noche
alas de mariposa
posadas erróneamente camino
a su apareamiento
y hasta restos de óleos
de un lienzo tapado
antes que se terminara
el insomnio de beberse
el azul casi negro de árido manantial

Y las que evadían el roce
besaban con desconfiados ojos
Y las que se acercaban tanto
que casi podían sentirlo
les mostraba las señales de desvío
Y las que abrían sus ropas
tentando
descaradamente sus dagas
tenían sexo con amor
hasta que brotaran las osamentas

Pareciera que por dentro
aún sobrevivían engranes
pero
después de tantas cuerdas
sólo hacían chispas las encías
doliéndose entre sí

Pareciera que no era muy joven
pero ella lo envejecía
después de voltearse
conscientemente -creo-
pasadas todas las ocho y media
sentado en la silla del frente
dejando
a penas
mirarle
sus nalgas
al partir

Silencio y vida del poeta

Le sobraba un verso
hasta el ayer a las 5
Del cierre de su tarde
Cuando apostó
la oscilación de sus lápices
a un silencio
desprendido de sus gritos
Y quedaron en quiebras
Las entrelíneas de las cicutas con las que cerraría
la portada
de su cuaderno de memorias
Y sus verdades se confundieron
con vapores de lluvias
Y nadie supo cómo se apagarían sus alientos
Y desde esa tarde
Cuando apostó
el trazo de sus grafitos
a un silencio
desprendido de sus gritos

Dejó de ser poeta
Y se convirtió en suspenso
Y antes de consumir los cuatro andenes
Por los que pernoctaría
El resto de su vida
Fue el hombre más feliz
Sobre los renglones de estas tierras